(par Alexis Piron)

LETTRE D'UN SAVOYARD A UN DE SES AMIS,

Au ſujet de la Tragedie de Pyrrhus & de ſa Critique.

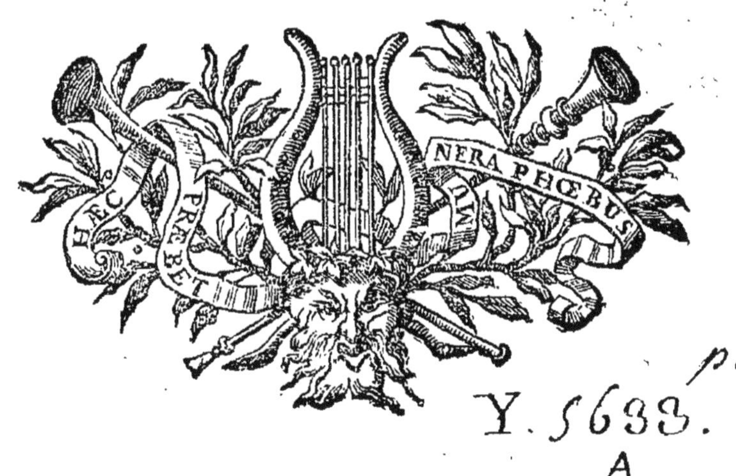

A PARIS,
Chez la Veuve d'ANTOINE-URBAIN COUSTELIER, Quay des Auguſtins.

M. DCC. XXVI.

AVEC PERMISSION.

LETTRE D'UN SAVOYARD A UN DE SES AMIS,

Au ſujet de la Tragedie de PYRRHUS & de ſa Critique.

MONSIEUR,

Vous ne pouvez concevoir le plaiſir qu'a fait icy la lecture de PYRRHUS au peu d'animaux raiſonnables que nous ſommes au pied des Alpes. Nous nous demandions ce qu'étoit devenu l'illuſtre M. de Crébillon. Il ne deſcendoit plus ſur l'arene; & le Cirque n'étoit ouvert depuis long-temps qu'à de nouveaux Athlètes qui s'efforçoient à l'envy de le faire oublier. Mais ce que le temps ne pourra faire étoit-il en leur puiſſance? ALPHONSE, HERODE & CAMBISE éloignoient peu de nos mémoires ATR'EE, PALAMEDE & RHADAMISTHE. Le triomphe des nouveaux venus ne ſervoit qu'à faire dire: TU DORS, BRUTUS!

Cependant la palme s'enlevoit. Un jeune combattant devant qui l'on ne ſe préſentoit plus, étendoit déja la main pour s'en emparer, quand Pyrrhus a paru. En voyant revenir M. de Crébillon ſur les rangs, je m'imagine voir le vieil Entelle qui ſe leve lentement du milieu des Troyens interdits, & qui jette ſon ceſte aux pieds de Dares. Ce jeune Rival, orgueilleux de ne s'en plus voir, ſe ſaiſiſſoit du prix du Vainqueur. Il voit, il entend tomber le ceſte formidable. Il recule; Entelle ſe dépoüille;

Et magnos membrorum artus, magna oſſa, lacertoſque
Exuit, atque ingens mediâ conſiſtit arenâ:
Ille pedum melior motu, fretuſque juventâ;
Hic membris, & mole valens.

Vous m'ecrivîtes à la ſortie du Spectacle; & comme vous êtes Poëte & Gaſcon, ſouvenez-vous que vous me mandâtes que nos montagnes avoient dû retentir du bruit des applaudissemens. Jugez par là de l'impatience que vous nous donnâtes de voir Pyrrhus. Il faut que M. de Crébillon soit un homme bien desintéressé de plus d'une maniere, pour n'en avoir pas plus pressé l'impression. Nous languimes dans l'attente deux ou trois mois; il vint enfin, nous lûmes, & nous admirâmes.

Nous l'admirâmes, & nous l'admirons. Cela ne s'accorde pas avec ce que dit un Critique : *Qu'il doute que M. de Crébillon ait été bien conseillé de faire imprimer sa Tragédie.* Que pense-t'il encore de l'extravagance du Libraire qui s'en est chargé, & de la tolerance du Magistrat qui souffre que ce Marchand non content d'en avoir déja débité deux ou trois mille exemplaires, se moque du Public au point d'oser travailler, comme vous me le marquez, à une seconde édition? Ne pourrions-nous pas sçavoir qui est cet homme devant qui tant de monde a tort? Pourquoy la Lettre est-elle anonyme? Il est toûjours glorieux à un nom de paroître sur un écrit raisonnable. Il n'y a que les billets doux & les libelles qu'on ne doit point signer : prend-il sa Lettre pour l'un ou l'autre? Peut-être auroit-il peu risqué de se nommer : il est de certains noms qui ne décelent jamais ceux qui les portent. Nôtre Critique avoüe qu'il n'est pas Poëte, & sa Prose nous met dans l'embarras de sçavoir quel titre lui donner. Quel stile, bons Dieux! & M. de Crébillon va faire encore comme il a toûjours fait, rire & se taire. En verité, nôtre Critique a raison de dire que cet homme-là n'a pas de consideration pour le Public, & qu'il ne lui témoigne point de reconnoissance. Si-tôt qu'il en a ses suffrages, il les emporte, & le voilà parti. Qu'on donne après tant de démentis qu'on voudra à son bienfaiteur; l'ingrat lui laisse démêler la fusée; il a son compte, & se moque du reste. Je crois bien qu'il entre dans tout cela tant soit peu de mépris pour les Aggresseurs. Sa Muse est une trop grande Dame pour s'abaisser à quereller des servantes. Quelque juste que soit ce mépris, nous y perdons trop pour ne lui en pas vouloir mal. Rome ne dédaigna pas de déployer ses Aigles contre Spartacus. Je le punirai bien: Je parlerai pour lui; aussi bien je conçois quelque chose de plaisant dans la lutte d'un petit Savoyard comme moi, avec un mirmidon du Parnasse. *Signa pares aquilas.* C'est un combat de Pygmées que nous donnerons au Public, pendant que la massuë d'Hercule se repose.

Le premier reproche & celui sur lequel on appuye le plus frequemment, est l'obscurité. Je vous prie d'envoyer à M. de Crébillon pour premiere piece justificative le Certificat suivant.

Je soussigné MARTIN CABOCHE *Savoyard de Nation, certifie m'être senti l'esprit élevé & le cœur attendri à la lecture de Pyrrhus. à *** ce ** Septembre* 1726. CABOCHE.

Et pour valider ce certificat, j'y joins l'autre ci inclus des Notables du lieu, qui témoignent que je suis dans mon bon sens, afin qu'on ne me croye pas un fou capable de me récrier sur les onziéme & douziéme chapitre du second Livre de Pantagruël.

Non, MONSIEUR, la pompe du galimathias ne me débauche point. *Une obscurité respectable* ne saisira jamais mon admiration. Il ne me vient point d'émotions du pays des chymeres ; & dès ma plus tendre enfance, je n'ai jamais pleuré que je n'aye sçû pourquoi. Ce que le Critique nous dit de vôtre Badaud de Parterre, nous surprend fort. Il faut être dans le pays des modes, pour ajoûter foy à une pareille nouveauté. Quoi, ce Parterre est aujourd'hui si benin que de prendre sur lui les fautes d'un Auteur ? Quand il se trouve quelque chose d'inintelligible dans un ouvrage d'esprit, le Public admire toûjours par provision ; & l'Auteur en est quitte pour un *soit plus amplement informé ?* Si le portrait est fidele, c'est une bonne commodité pour le Peintre ; il fait bien d'en profiter. Mais je ne vois pas que M. de Crébillon ait eu besoin de cette aveugle indulgence. Levons de dessus l'oeil du Critique, une taye qu'il prend pour un broüillard dont les objets sont enveloppez.

Il commence lui-même son discours par la faute dont il est le faux Délateur. Tout ce que je puis comprendre dans un Exorde si embroüillé, c'est qu'il admire la générosité de M. de Crébillon d'avoir adressé sa Tragédie à un homme disgracié. De là il prend occasion, sans que ni lui, ni moi, nous sçachions trop pourquoi ni comment, de parler des pauvres Poëtes, comme d'Animaux trèsmonſtrueux & fort peu ragoûtans dans la ſocieté. A vous le dé, Meſſieurs les monſtres, vous êtes bons pour vous défendre. Je ne me mêle que de mes affaires. J'admire Pyrrhus, on le critique ; c'eſt mon opinion qu'on attaque, & je la ſoutiens.

Je ſuis fâché qu'on nous amuſe à l'Epître dédicatoire, où l'on ſe plaint de trouver le *ſtyle des Oracles.* Le ſtyle Epiſtolaire a permiſſion d'être myſterieux : la Scene eſt entre deux amis ; & ce n'eſt pas une choſe bien décidée qu'en ce cas, le Public en doive avoir la clef : il eſt bien décidé même que dans celui dont il s'agit, le Public ne la doit point avoir. Tout ce que M. de Crébillon lui veut apprendre, c'eſt qu'il a beaucoup d'amitié, d'eſtime, de reſpect, de vénération pour celui à qui Pyrrhus eſt dédié. De pareils ſentimens dans le cœur d'un homme illuſtré par ſon eſprit, d'un homme averé connoiſſeur en grandes qualitez, ſuppoſent clairement tout ce qu'il vouloit dire, & tout ce qu'un ordre modeſte & précis lui faiſoient taire. *Multa paucis.* Le Cenſeur eſt un homme d'eſprit qui ſçavoit très-bien que penſer de tout cela ; & s'il veut parler de bonne foy, il avouëra qu'il reproche plûtôt à M. de Crébillon de n'avoir pas fait une faute, que d'en avoir fait une.

Au reſte, je n'avois pas encore vû un ouvrage de cette nature, diſcuté juſqu'à l'Epître dédicatoire ; l'appetit ſtrident du Cenſeur devoit pénétrer juſqu'à l'approbation, & mordre un peu ſur ſa politeſſe hors de ſaiſon. Il y auroit eu du moins une remarque raiſonnable dans la brochure; car, (ceci ſoit dit en paſſant) il ne ſeroit pas ſi déraiſonnable qu'on croiroit bien de railler un peu le ſtyle doucereux des approbations modernes. Les Approbateurs ſont, à ce que je crois, des gens graves, commis uniquement pour examiner ſi les moeurs ne ſont point bleſſées dans un Ouvrage offert au Public. Ils doivent dire ſimplement oüi, ou non. On ne leur demande pas ce qu'ils en penſent d'ailleurs; & ce n'eſt que ſur ce qu'on ne leur demande pas qu'ils prononcent à preſent. Cette gentilleſſe eſt contre les regles du juridique & du ſérieux. C'eſt mettre des ponpons à la coëffure de Thémis. Que diroit-on d'un Magiſtrat chargé d'informer des mœurs d'une femme qui feroit ainſi ſon rapport à la Cour? *Meſſieurs, j'ai fait l'enquête des mœurs de Madame une Telle. Je vous aſſure, qu'elle a de beaux yeux, la gorge appetiſſante, la peau douce, &c. & je crois qu'elle vous fera plaiſir.*

Venons à la Piece. Nôtre Cenſeur dit tout en entrant qu'il n'y voit goute. Il ne faut pas s'étonner s'il a fait tant de faux pas. Mais à qui la faute? Voici huit ou dix Vers-luiſans jettez dans la premiere Scene qui répandent aſſez de lumiere. Ecoutons, c'eſt Glaucias qui parle:

Vous à qui j'offre ici tant de vœux inutiles,
Dieux vangeurs des forfaits, Protecteurs des aziles. ......
O mon Fils! cher eſpoir, Malheureux Illyrus!

Faut-il livrer ta tête, ou celle de Pyrrhus ?
Voici le jour fatal qui veut que je décide
Entre l'Ami parjure & le Pere homicide.........
...... Traître Néoptolême !
Est-ce à vous que je dois livrer la vertu même.....
Et n'est-ce point assez qu'une main parricide
Ait terminé les jours de l'illustre Æacide ?
Abandonnerez-vous son Fils infortuné ? ....
Non. Il ne mourra point......

Je vois déja dans cette Scene qui est très-courte, que Pyrrhus est fils d'Æacide, dont Néoptolême est le meurtrier. Que Glaucias est un bon Roy qui protege Pyrrhus contre le cruel qui le poursuit. Que ce Protecteur généreux est réduit à cette fâcheuse alternative, ou de perdre son fils Illyrus, ou d'abandonner ce Pyrrhus dont il a juré d'être l'éternel appui. Que le moment fatal de s'expliquer est arrivé. Qu'il conserve Pyrrhus, & qu'il sacrifie son fils. J'apprends tout cela dans cette petite Scene, *qu'un homme de beaucoup d'esprit*, dit nôtre Critique, *a lûë deux fois sans pouvoir comprendre sur quoi portoient les exclamations de Glaucias.* Cela seroit particulier que les confins de la Savoye fussent devenus le pays de la pénétration.

Que d'intérêts differents animent déja la Scene ! Que de mouvemens la terreur & la pitié préparent visiblement à mon cœur ! ce commencement soutenu d'une mâle éloquence renfeme un germe tragique d'où je m'attends à voir éclore mille événemens, dont le pressentiment déja me charme & m'attache.

La seconde Scene vient promptement achever de m'éclairer sur tout le reste. Je sçais que Glaucias est Roy d'Illyrie; que Néoptolême est usurpateur de l'Epire; qu'Illyrus est son prisonnier. Qu'il ne veut lui donner la liberté qu'en échange de Pyrrhus. Que ce Pyrrhus est élevé comme fils de Glaucias, & qu'il se méconnoît lui-même sous le nom d'Hélénus. Que Lysimachus ami commun des deux Rois leur ouvre Byzance où se passe la Scene, pour y traiter ensemble dans une sûreté mutuelle. Que le Tyran vient de remporter une derniere victoire qui lui hausse le ton sur les conditions du Traité; & qu'enfin cet Illyrus & ce Pyrrhus qui doivent être le salut ou la perte l'un de l'autre sont rivaux, & tous les deux également épris des charmes d'Ericie, fille du cruel Néoptolême.

Tant de ressorts nécessaires pour mettre en branle une si belle & si grande machine, ne sont pas faciles à arranger dans un petit espace. M. de Crébillon n'auroit peut-être pû tenter d'y réüssir, sans dônner dans le *brevis esse laboro* d'Horace. On voudroit que la Fable du Poëme eût pû s'exposer dans les vingt premiers Vers. Je gagerois bien pour M. de Crébillon, qu'il eût souhaité qu'elle eût pû tenir dans le premier hemistiche. Mais cela ne s'est pû., non plus qu'en vingt Vers. *Tant pis*, vous diront froidement ces Messieurs, *ne choisissez que des sujets où cela se puisse.* A ce compte, on auroit laissé dans le néant bien des miracles de l'Art qu'ils admirent eux-mêmes; à la verité parce que les Auteurs sont morts.

Nôtre Aristarque à la troisiéme Scene, dit qu'Hélénus y tombe des nuës, & qu'on ne sçait quelle raison l'amene là. Je crois l'avoir découverte en lisant la Scene précédente où Glaucias dit à Androclide :

> Néoptolême a craint que fier de mon absence
> Ce Héros n'entreprît de surprendre Bizance :
> Enfin, il a voulu qu'il me suivît ici.

Et dans un autre endroit de la même Scene.

> Pyrrhus avec le jour près de moi doit se rendre :
> Le Soleil va bien-tôt se montrer à nos yeux.....

Apparemment le Soleil est sur l'horizon; voilà ce qui aura fait que Pyrrhus est venu. Quelle obscurité!

Il poursuit ses remarques, & trouve que ces deux Vers dans la bouche d'Hélénus parlant de Pyrrhus :

> Peut-il être en ces lieux si voisin d'un perfide
> Sans le sacrifier aux mânes d'Æacide ?

portent trop de lumieres dans son esprit; & qu'avec la bonne opinion qu'il a de lui-même, il doit se croire Pyrrhus dès qu'il sçait ce Pyrrhus à Byzance; voici un homme qui fuit les lumieres où elles sont, pour les aller chercher où elles ne sont pas. L'on ne me démontrera point que ce soit une nécessité bien indispensable que Pyrrhus nous jouë ici le mauvais tour de se reconnoître si-tôt sur les plus simples conjectures. Si Illyrus pénétre mieux & ne s'y trompe point, comme on l'objecte, c'est que tel est le bon plaisir de l'Auteur avec permission du bon sens & des vraisemblances. Et de plus, il arrive tous les jours que nous voyons plus clair dans les affaires d'autrui que dans les nôtres.

Ericie Sc. 5. Act. 1. dit à Hélénus qui l'aborde galamment au passage : qu'elle va au Temple y prier les Dieux pour la Paix ; mais on prétend que cette pauvre Princesse n'est qu'une hypocrite qui cherchoit réellement Hélénus pour lui parler d'une entrevûë avec Néoptolême. Sur quoi fondé, juge-t'on si témérairement de la dévotion d'Ericie ? Sur ce que dans le cours de cette conversation imprévûë, il lui échape de dire en parlant de son Pere,

> Ce Prince vous demande un moment d'entretien
> J'ose vous en prier.

Que cela prouve-t'il ? Le milieu d'un entretien n'a le plus souvent point de rélation avec le motif qui l'a fait ouvrir. Sur cette supposition frivole, on se hâte de conclure qu'*Ericie est une insensée de se retirer sans avoir tiré parole d'Hélénus qu'il verra Néoptolême*. Son excuse là-dessus porte condamnation contre la fausse idée qu'on a conçûë d'elle en entrant. Elle part sans tirer cette parole, parce qu'elle n'est point venuë pour cela. Le hazard & la politesse ont lié de part & d'autre un entrerien dont Hélénus se sert pour faire une déclaration hardie d'amour pour elle, & de haine pour son Pere. N'ayant rien de décent ni d'agréable à répondre, elle continuë son chemin vers le Temple; & loin de désirer, ni de devoir ménager l'entrevûë qu'elle étoit venuë, dit-on proposer, elle prouve par ces paroles pleines de crainte, qu'elle ne vouloit, ni n'en devoit rien faire.

Mon Pere veut vous voir, quels que soient ses desseins,
Vous sçavez peu fléchir, Seigneur, & je vous crains.
Daignez vous souvenir que ce Prince est mon Pere.

Une fille qui craint une entrevûë où l'on peut insulter un Pere qu'elle aime, n'est ni tenuë, ni tentée de la ménager.

Et l'on demande aprés cela comment la nouvelle qu'apporte Ericie à Néoptolême de l'amour qu'Hélénus a pour elle, a pû remplir l'intervale du premier Acte. *Elle a eu*, dit-on, *du temps de reste avant que ce premier Acte finît; Illyrus & son frere ont assez occupé la Scene depuis que la Princesse est sortie.* Tout ceci fait justement nôtre compte. C'est qu'Ericie n'est pas allée d'abord à son Pere en quittant Hélénus. Elle est entrée au Temple ainsi que nous avons dit; & comme une vertueuse Princesse y a fait d'assez longues prieres. De là elle est revenuë au Palais, où en fille bien née, elle a fait confidence à son Pere des discours qu'on lui a tenus, pour qu'il en fasse son profit.

Mais voici la grande objection avec laquelle

on croit sapper les fondemens de l'édifice. *Il pose entiérement*, dit-on, *sur le pouvoir conservé à Néoptolême, de disposer du fils de Glaucias même dans le lieu du congrès.* On croit ce fondement *ruineux*, & par consequent tout l'édifice écroulé.

Quelle est, demande-t'on, *cette disposition absoluë du sort d'Illyrus ? Le privilege inhumain*, se répond-on sur le champ, *de le faire mourir à son gré ;* (à son gré) veut dire où, quand & comment il plaira. Là dessus le Critique fait son plan. Il s'échauffe sur sa chymere : crie au meurtre ! au viol ! & met le feu sous le ventre aux Dieux Hospitaliers. Que ne laisse-t'il répondre ceux qu'il interroge. Il s'épargneroit les poulmons.

L'on ne donne point ici de privilége inhumain à Néoptolême, en lui laissant la disposition d'Illyrus dans le lieu même du congrès. Le privilége de cette disposition ne s'étend qu'à lui conserver là comme ailleurs ses droits de Maître & de Possesseur sur son Prisonnier. Je suis sûr que M. de Crébillon n'a jamais pensé qu'il pût oser soüiller impunément le Palais de Lysimachus du sang d'Illyrus. Néoptolême en effet ne dit pas un mot qui marque un dessein formé de commettre cet attentat. Tout ce qu'il dit de plus positif & de plus terrible sur le sort de ce Prince infortuné, se réduit à ces deux Vers adressez à l'obstiné protecteur de Pyrrhus :

Hé bien, vous pouvez donc au sortir de ce lieu
Aller dire à ce Fils un éternel adieu.

Hé bien, vous gardez Pyrrhus, & moi, je garde Illyrus. S'il plaît à l'amour paternel de Glaucias, à la sensibilité d'Hélénus, au desespoir d'Illyrus de nommer l'esclavage, *perir*, *mourir*, *être immolé* : ce sont des termes figurez qui conviennent à l'excès de leur douleur; & quand il faudroit même prendre ces termes dans leur sens propre, cela ne prouveroit rien. Néoptolême en effet nous est donné comme un barbare, capable de pousser la vangeance jusques là : il est bon même que l'imagination du Spectateur accepte cette idée sans restriction, pour rendre les choses plus intéressantes. Oüy le Tyran fera mourir Illyrus; mais qui vous dit que ce soit à Byzance, ni qu'il songe à violer l'azile ? Il aura tout le temps & le pouvoir de se satisfaire plus loin; il ne veut pour le présent que *dispo-ser* qu'*être le maître de son prisonnier* : le droit des gens l'en a mis en possession par le sort des armes; il en veut faire un échange avantageux. Le traitté se propose dans une ville où un autre que lui commande. Il y mene ce captif dont la rançon lui doit acquerir une usurpation à jamais tranquille. Ce captif approchera d'un Pere & d'un Frere entreprenant. Néoptolême veut qu'on lui garantisse son butin : on le fait. Le Pere arrive à Byzance, & va s'aboucher dans le Palais de Lysimachus avec Néoptolême,

> Qu'on laisse cependant disposer de son Fils.

Rien n'est si juste, si simple, si naturel. Et c'est là toutefois cette *idée neuve*, cette *idée*

extraordinaire,

extraordinaire, idée *qui choque toutes les idées communes.* Voilà ce fait *si singulierement imaginé, qu'il en faut apporter au Critique une invincible raison à peine de nullité. Et remarquez*, continuë-t'il tout triomphant, *que nous n'aurions pas sans ce mauvais vers là, la Tragédie de Pyrrhus. Est-il possible que cette supposition chymerique n'ait pas fait tomber la plume de la main de M. de Crébillon? Pouvoit-il sans se décourager à tous momens, poursuivre un Ouvrage dont il voyoit naître toutes les plus grandes & les plus belles parties d'une faute à laquelle on ne sçauroit donner un nom?* J'ai trouvé le nom qu'il lui faut; ce nom doit bien étonner le Censeur emphatique; c'est: *Inutilité*. Oüy; ce Vers, loin d'être une pierre fondamentale de l'Ouvrage, n'a pas seulement l'honneur d'en être un ornement superflu. Le fait est fondé sur un droit si commun, si clair & si connu, qu'il se devoit sous-entendre. C'est une peccadille que je prends la liberté de remarquer dans un Ouvrage respectable; mais on me pardonnera en faveur de la confusion que cette remarque donne à celui qui vient d'en faire une si hardie & si mal fondée.

.... Ubi plurima nitent,
Nec paucis offendar maculis.......

Qu'on ne soit donc plus surpris si Néoptolême souffre qu'Illyrus aille & vienne librement dans le Palais *sans rien craindre de la tendresse de Glaucias & de l'impétuosité d'Hélénus.* Son indulgence n'est point imprudente dès que l'azile eſt inviolable : & la même raiſon qui s'oppoſe à ſa cruauté dans cet azile, le raſſûre contre les tentatives que voudroient faire Hélénus & Glaucias. Ajoûtons même qu'Illyrus a toûjours des gardes & que cela eſt expliqué.

Au reſte, les Conferences permiſes entre le pere & le fils, cachent une fineſſe de conduite, qui a paſſé la pénetration du Cenſeur. La politique de Néoptolême n'a garde, en ces conjonctures cy, d'éloigner le fils des yeux du pere. Cette vûë eſt un aiguillon qui ne donne point de relâche à l'amour paternel. Le ſpectacle d'Illyrus dans les fers, livre un combat continuel à la fidelité incorruptible de Glaucias ; & peut faire courir toute ſorte de riſque à Pyrrhus. Mr. Racine, que le Critique ne hait point, a mis en œuvre le même artifice dans ſon Andromaque, quand Pyrrhus envoye cette Princeſſe inflexible vers ſon fils Aſtianax :

> Allez, Madame, allez voir vôtre Fils
> Peut-être en le voyant, vôtre amour plus timide
> Ne prendra pas toûjours ſa colere pour guide ;
> Pour ſçavoir nos deſtins, j'irai vous retrouver :
> Madame, en l'embraſſant ſongez à le ſauver.

La Critique du ſecond Acte commence par une plainte aſſez nouvelle, & très-plaiſante en ſon eſpece. On trouve à redire que les maximes qui ſont dans la bouche du Tyran ne ſoient propres qu'à s'inſinuer dans les cœurs déja tout corrompus ; mais qu'elles ſoient incapables de faire impreſſion ſur les honnêtes gens. Cela veut dire qu'il faut que M. de Crébillon apprenne à les mieux corrompre une autrefois, & à ne plus s'amuser à besogne faite. Un moment après la mauvaise humeur se jette d'un autre côté. *Néoptolême est un scélérat qui parle avec trop de vrai-semblance, & qui étale trop vivement le systême de sa politique : & de présenter des scélérats comme des gens persuadez que le vice & la vertu ne sont que des chimeres, cela révolte les esprits bien-faits.*

Le scélérat qui distingueroit l'un de l'autre me révolteroit bien autremenr. Sa volonté déterminée au mal qu'il connoîtroit comme tel me le feroit voir avec bien plus d'horreur. Il me seroit en exécration, au lieu que je puis tolerer celui-ci comme un insensé. Mais le comble de l'indécence, de quelque façon qu'on peignît la scélératesse, seroit d'y donner des couleurs séduisantes ; ce seroit traiter la matiere un peu trop en Maître ; cela ne donneroit pas de bonnes idées de l'interieur d'un Poëte. M. de Crébillon ne connoît du crime que la définition : il sent que cela suffit pour en détester la pratique. Il veut communiquer l'horreur qu'il en a ; il y parvient simplement par la seule image.

La Satyre s'égaye sur le commencement de la deuxiéme Scene du deuxiéme Acte. Elle rit d'y entendre les premieres nouvelles de la victoire, apportées au Vainqueur par le vaincu ; & *d'y voir*, dit-elle, *les fuyards plus diligens que les Couriers.* Laissons-la rire un moment ; c'est un enfant qui rit de la poupée qu'elle s'est faite. Disons-lui maintenant que le début de Glaucias peut ne pas être prononcé, ni reçû comme une nouvelle; mais comme un aveu généreux & touchant dans la conjoncture. Voilà la pauvre petite poupée desagencée: l'enfant ne rit plus. Elle gronde à présent de ce que la Scene d'Hélénus & de Néoptolême (qu'il faut qu'elle admire, en enrageant) soit arrivée trop tard; ce malheureux délai là gâte tout.

Il peut y avoir à la verité un quart d'heure au plus en comptant le premier intervale, que Pyrrhus devoit avoir envie de parler à Néoptolême. Le Critique très-vif de son naturel, pendant l'entre-Acte & les deux ou trois premieres Scenes du nouvel Acte, a eu une impatience inconcevable de voir arriver cette Scene. Il ne comprend pas ce qui peut retarder si long-temps le naturel ardent de cet Amant passionné; & là dessus un docte précepte sur la necessité de presser l'action des Personnages introduits. Vive l'érudition bien placée.

Comme l'objection est des plus graves & des plus serieuses, ramassons toutes nos forces pour y faire une réponse bonne, forte, & solide.

Il est vrai que les Acteurs sont tous dans un même Palais. Pourquoi donc ce retard d'un quart d'heure? Voici la raison que j'en ai découverte après une profonde méditation.

Byzance est une ville maritime de la Thrace près le Bosphore, qui fut bâtie par Pausanias Roy des Sparthiates en 5337. du monde, 663. ans avant J. C. Comme on bâtissoit alors des Temples de quatorze lieuës de long, on édifioit aussi des Palais qui avoient de vastes enceintes, jusqu'à renfermer des forêts où l'on s'égaroit. Tel étoit le Palais de Lysimachus : Hélénus aussi prit la poste en quittant Ericie pour arriver à l'appartement de Néoptolême, & ne mit pas un demi quart d'heure à faire une bonne demie lieuë dans la cour. Malheureusement il trouve Néoptolême parti pour la salle de la conference. Il tourne bride, pique des deux (suivez bien) a le bonheur de ne point rencontrer d'embarras, & se trouve de retour deux minuttes avant le quart d'heure expiré, & justement, comme Glaucias & Néoptolême finissoient leur entretien. Comme il vouloit un tête à tête, & qu'il entendoit encore parler le Tyran, il n'entra pas d'abord; mais s'appercevant que ce n'étoit qu'un monologue, il l'interrompit sur le champ, & ils s'expliquerent. Et le Critique appelle cela faire envisager Hélénus sous l'idée d'un homme froid & indolent : ma foi, ma foi voilà un quart d'heure qui n'est pas mal employé. Il étoit difficile de presser davantage l'action; mais il y a par tout des fâcheux ou des contre-temps. Comment faire ?

Néoptolême ayant vû l'indifference de Glaucias sur le sort d'Illyrus, a soupçonné que ce Prince au lieu d'être le Fils du Roy d'Illyrie, pourroit bien être ce Pyrrhus qu'il cherche avec tant d'ardeur. Soupçon suscité très-ingénieusement pour être une source féconde d'incidens nouveaux & de grands ſentimens entre les deux Princes.

Le Tyran voyant entrer Hélénus, qu'il croit inſtruit des ſecrets de ſon Pere, s'imagine avoir trouvé les moyens de s'éclaircir.

Mais je vois Hélénus :
J'éclaircirai bien-tôt mes ſoupçons ſur Pyrrhus.

Il ſe flatte que ce jeune Prince emporté par la paſſion, payera d'une indiſcretion le don qu'on va lui faire de ſa maîtreſſe à cette condition. Il ne va pas au but de plein ſaut. Après un éloge flatteur, il tourne adroitement l'entretien ſur l'amour qu'on dit qu'il a pour la Princeſſe. Hélénus l'avouë : Néoptolême la lui préſente avec le Trône de l'Epire. Mais voyant par la réponſe d'Hélénus, qui rejette bien loin l'offre d'un Trône uſurpé, que les choſes ne ſe diſpoſent pas bien à ſa fantaiſie, il s'aigrit. Le Prince replique avec encore plus de hauteur ; le pere d'Ericie s'explique nettement :

Je demande Pyrrhus ma fille eſt à ce prix.

Hélénus regarde avec horreur, un bonheur qu'on met à des conditions odieuſes, & s'emporte dans ſon indignation contre le Tyran, qui furieux & n'attendant plus rien d'un homme tel qu'Hélénus, ſe ſatisfait de ſon premier ſoupçon, l'adopte dans ſa rage pour une preuve aſſûrée, & en parle ſur ce ton à Hélénus qui d'abord très-étonné, s'écrie :

Qui ? lui Pyrrhus ! Seigneur ; mais non, ſongez-y bien.....

Néoptolême interrompt en achevant de lui confirmer la chose avec un laconisme mystérieux, mais foudroyant ; & s'en va.

Rien de mieux préparé, de mieux conduit, de plus noble, ni de plus interessant. Mais le Critique nous conte la chose autrement, & voulant tirer sur cette Scene à quelque prix qué ce soit, la ridiculise en la défigurant.

Il a donc soin de dire d'abord, non pas que *Néoptolême soupçonne*, mais *qu'il ne doutoit point* sur l'indifference de Glaucias que le Prince d'Illyrie ne soit le veritable Pyrrhus. Sur ce mensonge on prend droit de comparer le personnage du Tyran dans cette Scene à celui d'un homme fait qui se jouë d'un enfant representé, dit-on, par Hélénus, à qui en ce cas on ne tiendroit effectivement que de longs discours inutiles, & qui finiroient par une puerilité impertinente ; mais la position du fait est vicieuse. Néoptolême n'est point sûr ; il soupçonne.

Mais je vois Hélénus,
J'éclaircirai bien-tôt *mes soupçons* sur Pyrrhus.

Mes soupçons, l'expression est univoque. Pour Hélénus, ils le qualifient à la fin de *stupide*, *d'esprit bouché, qui donne tout à travers dans le panneau. Il ne dit pas un seul mot qui marque le moindre doute ; il ne lui vient pas seulement dans l'esprit que Néoptolême veüille le tromper.* C'est en imposer au Lecteur bien hardiment. Que signifie donc ce Vers plein de surprise & de réfléxion :

Qui ! lui Pyrrhus ? Seigneur ; mais non , ſongez-y bien....

Ces points qui marquent un diſcours coupé, ſuppoſent une foule de doutes que Néoptolême éloigne par une interruption bruſque, & dont l'obſcurité affectée mais menaçante, laiſſe tout croire au généreux Hélénus, en lui faiſant tout craindre pour le malheureux Illyrus. Je ne ſçais rien dans le monde litteraire au-deſſous du Critique inutile ſi ce n'eſt le Critique injuſte qui eſt au-deſſous du rien. Où mettre le Critique impoſteur.

Cette derniere qualité répand dans l'Ouvrage que je détruis, mille choſes qui me donnent le droit de ne vouloir plus répondre en détail. Laiſſons auſſi l'ennuyeuſe diſcuſſion de ces endroits de la Tragedie pleins de ce qu'on appelle *Sentimens*, où le Cenſeur affectant de ne point ſentir comme les autres, veut jetter une obſcurité & des ridicules qu'on n'y verra jamais. Je ne me charge plus de redreſſer les torts que voudront faire la malice & l'innattention. Que ce ſoit déſormais l'affaire des Lecteurs ſenſez de Pyrrhus & de ſa Critique. Il me ſuffit à moi qu'après l'exactitude de mes réponſes paſſées, on ne ſçauroit plus m'accuſer d'avoir recours à la commodité des négatives & des répliques vagues : on voit trop bien que c'eſt un fardeau que je dépoſe, & non pas une épine que je m'arrache. Je me ſoucie peu de courir péniblement une longue carriere au bout de laquelle je ne trouverai d'autre gloire, que celle d'avoir penſé comme tout le monde.

C'est dans cet esprit que je laisse à défendre la deuxiéme Scene du troisiéme Acte aux amateurs du vrai, du beau, du grand ; & que je mets aussi la quatriéme sous la protection de ceux qui se plaisent à voir la belle Nature dépoüillée du faste de l'Héroïsme outré.

Mais je demande hautement justice du mépris qu'on ose faire de la Scene excellente où Glaucias paroît entre son fils & celui pour qui ce fils est immolé. Quel mouvement d'admiration & de pitié ne naissent pas dans le cœur à l'aspect de ce pere aussi généreux qu'infortuné! Quand en présence de celui qui ne sçait pas encore que c'est à son salut qu'on sacrifie ; il prononce cet arrêt de mort à son fils.

> Le malheureux Pyrrhus est Maître de ma foi ;
> Je ne suis pas le sien & ta vie est à moi.

Glaucias est un barbare, un Pere dénaturé, dont les entrailles ne s'émeuvent point. Comment trouve-t'il donc le secret de me les émouvoir à moi qui ne suis point Pere. Si ce précepte est sûr :

> Pour me tirer des pleurs, il faut que vous pleuriez,

quel est le cœur qui ne s'est pas senti vivement émû, quand on a vû les dernieres tentatives qu'a faites ce Roy généreux sur l'impitoyable Néoptolême ? Peut-on rien de plus touchant que ces dernieres paroles pleines de de tendresse & de grandeur, quand il veut fléchir le Tyran qui le quitte sans daigner l'écouter ? Relisez ces Vers, & ne vous attendrissez pas:

NEOPTOLEME.

Vous m'entendez, Seigneur. Adieu. Point de Traitez,
Si du ſang de Pyrrhus vous ne les cimentez.

GLAUCIAS.

Ah cruel! arrêtez! Puiſqu'il vous faut un gage,
Si c'eſt peu de ma foi, prenez-moi pour otage!
Je ſuis prêt de vous ſuivre en ces mêmes climats
Où j'ai porté cent fois la flamme & le trépas.
Si ce n'eſt pas aſſez de vous ceder un Trône,
Prenez encor le mien, & je vous l'abandonne;
Mais ne réduiſez point un Prince vertueux
A trahir en Pyrrhus ſon honneur & ſes Dieux!
Quand je reçûs ce Prince échapé de vos armes;
Son berceau fut long-tems arroſé de mes larmes:
Je regardai Pyrrhus comme un preſent divin,
Que le Ciel m'ordonnoit de cacher dans mon ſein;
Enfin Pyrrhus m'eſt plus que ſi j'étois ſon Pere,
Je répondrois aux Dieux d'une tête ſi chere.
Les ſermens les plus ſaints ont répondu de moi,
Et je mourrois plûtôt que de trahir ma foi:
Il n'eſt fils, ni ſujet qne je ne ſacrifie
Au ſoin de conſerver ſa déplorable vie.

NEOPTOLEME.

Hé bien vous pouvez donc au ſortir de ce lieu,
Aller dire à ce fils un éternel adieu.

GLAUCIAS.

Pour dérober ce fils à ta main meurtriere,
Je me ſuis abaiſſé juſques à la priere;
Mais c'eſt trop honorer un lâche tel que toi,

Que de lui témoigner le plus leger effroi.
Je brave ta fureur, si tu braves ma plainte :
Un monstre doit causer plus d'horreur que de crainte,
Délivre, ou perds mon fils, je le laisse à ton choix,
Et je cours l'embrasser pour la derniere fois:
Oüy, barbare, je vole à cet adieu funeste.
Mais toi, tremble en songeant au vangeur qui me reste.

A genoux prophane accusateur ! à genoux devant le génie sublime contre qui vous vous soulevez ! voilà du naturel & de l'élevation ! J'ignore les Rudimens de l'Art ; mais je couronne le Poëte dès qu'il me communique son enthousiasme. A cela, je le reconnois divin.

Suivons ce malheureux Pere, & voyons les derniers adieux qu'il fait à son fils. Fils digne de son sang, Fils magnanime, dont la seule crainte en ce moment fatal est d'avoir merité cet abandon par quelque faute qu'il ignore. Voici ce qu'aux tendres regrets d'Illyrus, Glaucias répond tout en larmes en le serrant dans ses bras :

Illyrus, mon seul bien & mon unique espoir !
Ah si c'est ton amour qui vers moi te rappelle,
Ne m'en refuse point une preuve nouvelle !
Viens mon fils dans les bras d'un pere infortuné,
Dont le cœur ne t'a point encore abandonné,
Viens te baigner de pleurs qui couleront sans cesse,
Et ne m'accuse point de manquer de tendresse !
Mon fils je t'aime encore tout ce qu'on peut aimer,
Et je te connois trop pour ne pas t'estimer !
Tes reproches honteux dont ma gloire murmure,

Outragent plus que moi le ſang & la nature ;
Mon cœur de ſes retours n'eſt que trop combattu ;
Et je n'ai plus d'eſpoir qu'en ta propre vertu.
Loin de deshonorer mon auguſte vieilleſſe,
Aide-moi de mon ſang à dompter la foibleſſe :
Le malheureux Pyrrhus eſt Maître de ma foi,
Je ne ſuis pas le ſien & ta vie eſt à moi.
Fais voir pas les efforts d'une vertu ſuprême,
La victime au-deſſus du Sacrifice même.
Adieu;ſois généreux autant que je le ſuis;
Te pleurer & mourir eſt tout ce que je puis.

Et ſes entrailles ne ſont point émûës ? ce n'eſt là qu'un Pere barbare & dénaturé qui oublie ſon ſang. L'on oppoſe à Glaucias l'Agamemnon de M. Racine. Le Roy d'Argos avoit bien à faire à ces diſputes pour ſe voir humilier par le Roy d'Illyrie, non pas pour l'élégance des diſcours, encore moins pour la ſageſſe de ſes démarches. Le Machiniſte eſt trop verſé dans *le méchaniſme tragique*, pour donner priſe là-deſſus. Mais pour la qualité de l'héroïſme, celui de Glaucias eſt fort ſupérieur à celui d'Agamemnon. Le Pere d'Iphigénie n'eſt qu'un glorieux, qui de ſon propre aveu ſacrifioit ſa fille en partie à ſon ambition.

Moi-même (je l'avouë avec quelque pudeur.)
Charmé de mon pouvoir & plein de ma grandeur
Ces noms de Roi des Rois & de chef de la Grece
Chatoüilloient de mon cœur l'orgueilleuſe foibleſſe;

Et Clytemnestre le lui sçait bien dire, quand il envoye Iphigénie à l'autel.

> .... L'amour d'un Frere & son honneur blessé,
> Sont les moindres des soins dont vous êtes pressé :
> Cette soif de regner que rien ne peut éteindre,
> L'orgueil de voir vingt Rois vous servir & vous craindre,
> Tous les droits de l'Empire en vos mains confiez,
> Cruel ! c'est à ces Dieux que vous sacrifiez !

Cette foiblesse qui deshonore Agamemnon a grand besoin pour être supportable, de ses irrésolutions qu'on nous vante ici. Mais à qui Glaucias sacrifie-t'il uniquement son fils ? à l'honneur, à la sainteté des aziles, à la religion des serments. Sacrifice épuré de toutes passions, de tout interêt particulier. Plus le Prêtre est impitoyable, plus le sacrifice est méritoire. Rien n'est précieux à Glaucias dans un malheur où il ne voit de ressource que dans le parjure. La Nature même se tait devant sa vertu ; & la Critique osera se faire entendre.

Respirons ; le Censeur se repose, la Scene de la reconnoissance a le bonheur de lui plaire. Il l'admire sans ironie ; & c'est apparemment là qu'il a trouvé *de ces certaines lueurs qui* à l'entendre, *échappent à M. de Crébillon malgré lui, & qui font juger qu'il ne tiendroit qu'à lui de meriter les suffrages qu'on lui refuse.* Car voilà des loüanges de ces Messieurs ; toûjours le petit correctif à côté. L'encens leur coûte trop pour nous le donner pur. Ils nous prient cependant *d'être assûrez qu'ils se sentent dans la disposition de loüer avec plaisir ce qui leur paroîtra digne de loüanges ; comme de censurer avec franchise ce qu'ils croiront digne d'être repris.* Mais quoiqu'ils disent, ils vous servent la coloquinte à pleines corbeilles & sans mélange; pour le miel, vous ne l'aurez qu'à lêche doigt; ils vous le distilent goute à goute, & toûjours frelatté.

Le quatriéme Acte profite encore de la foiblesse du Critique qui n'a pas bien repris ses forces. Il se contente de dire en gros *que cet Acte est le plus mauvais de tous, parce qu'il arrête l'action ; & que ce n'étoit pas la peine de faire un Acte avec si peu d'étoffe.* Il n'en fallut pas tant à M. Racine pour faire une Piece entiere. Il s'agit ici de la séparation éternelle de Pyrrhus & d'Ericie : séparation en ceci plus intéressante que celle de Titus & de Bérénice, qu'elle est accompagnée d'un incident de grande importance : c'est de la métamorphose d'Hélénus en Pyrrhus aux yeux d'Ericie. La tendresse de l'Amante n'en sera pas quitte pour les derniers adieux. Cette Princesse va sçavoir encore pour surcroît de malheur que son Pere doit être le bourreau de son Amant: que ce cher Hélénus est le malheureux Pyrrhus du sang de qui Néoptolême est alteré : l'action n'est pas si arrêtée comme on voit ; ni l'Acte si mal étoffé qu'on le veut faire croire. Pour moi, je soutiens que c'est celui qui fait le plus d'honneur au génie de M. de Crébillon, & qui doit faire aussi le plus de plaisir aux gens de goût. Il amene avec lui sur la Scene cette heureuse variété qui sçait si bien ranimer les attentions. Tout a changé de face ; il semble qu'on rentre dans une seconde action, sans que l'Auteur ait donné la moindre atteinte à l'unité. Le principal Acteur est renouvellé : Hélénus est devenu Pyrrhus. Les esprits sont occupez d'une vive curiosité ; l'intérieur du Héros va s'ouvrir & se déployer: on verra comment il se rendra digne de son nouvel être. Ce n'est plus enfin ce jeune impétueux qu'emportoient à tous momens l'impatience & le courage ;

C'est Pyrrhus : c'est le Fils & le Rival d'Achille.

C'est un Héros confondu de honte & d'étonnement: d'étonnement d'être Pyrrhus, & de honte en songeant à ce que Glaucias a fait, & à ce qu'Illyrus alloit faire pour lui. Un flegme altier se saisit tout à coup de ce caractere boüillant. Pyrrhus devient Maître de lui dès qu'il se connoît la victime à qui le coup est destiné. Il s'y dévouë pour s'acquitter envers ses bienfaicteurs : la reconnoissance ou plûtôt le noble orgüeil de ne le ceder à personne en grandeur d'ame, étouffe dans ce cœur courageux jusqu'au desir de la vangeance. Il envoye dire au Tyran qu'il va lui livrer Pyrrhus.

C'est dans cette terrible circonstance qu'Ericie le voit, & qu'elle apprend qu'il est Pyrrhus. Cette reconnoissance se fait de la façon du monde la plus belle & la plus nouvelle.

ERICIE.

Vous allez, dites-vous, livrer un malheureux,
Sans cesser d'être grand ni d'être généreux ?
Ah je vous reconnois à cet effort suprême !
Justes Dieux ! c'est Pyrrhus qui se livre lui-même.

PYRRHUS.

Ouy, Madame, c'est lui. C'est ainsi qu'Hélénus
Pouvoit du moins livrer l'infortuné Pyrrhus,
Qui sous ce triste nom ne craint point de paroître,
Dès qu'à de nobles traits on veut le reconnoître.

Franchement tout cela me paroît assez beau pour mériter une Critique plus en forme. Mais ce que j'en dis s'appelle, montrer d'un peu plus près les raisins au Renard, & les lui tourner du côté le plus mûr. Je suis bien fâché d'avoir dit tout à l'heure que cet Acte étoit le meilleur de la Piece ; c'est ne pas profiter du beau jeu qu'on me donne : le plus bel éloge que j'aurois pû faire de tout l'Ouvrage, eût été de dire comme le Critique, que c'en étoit-là le plus mauvais.

L'on me demande à présent ce qui remplit l'intervale du quatriéme au cinquiéme Acte. Mille choses : Glaucias découvre à Illyrus qu'Hélénus est Pyrrhus : il trouve ensuite Hélénus qui cherche Néoptolême sans en rien dire. Glaucias qui s'en doute, le veut amuser, & Hélénus a mille peines à s'en débarasser. Ericie d'un autre côté prépare ce qu'elle doit dire à Néoptolême pour le pouvoir attendrir.

Pendant

Pendant ce tems-là les gens du parti disent que le cinquiéme Acte ne vaudra rien : Colin mouche les chandelles pour éclairer Ericie qui vient chercher son Pere sur le Theatre, où il la rencontre un moment après. Ah l'incommode chose que les Rigoristes ! ce sont des gens qui ferment les yeux & se bouchent les oreilles, & puis après qui veulent tout sçavoir.

La Critique se réveille au cinquiéme Acte, & se frotte les yeux pour s'aiguiser la vûë.

> Réveillez-vous, belle Endormie,
> Réveillez-vous, car il est temps ;
> Je vois finir la Tragédie,
> Sans voir encor de mécontens.

Comment donc, tout se passe à merveille ! l'Auteur franchit impunément cet écueil ; le dernier Vers est enfin prononcé. Quel tintamârre ! comme on bat des mains ! on recommence. Hé quoi ! pour une troisiéme fois ? *bats donc, Paterre, bats !* Attendez Messieurs les Critiques, nous jazerons tout à l'heure quand on aura battu une quatriéme fois. Dieu merci, voilà la derniere décharge ; c'est un mauvais moment de passé : causons maintenant. Comment trouvez-vous ce dénoüement ? cette conversion subite de Néoptolême, qu'en dites-vous ? N'est-elle pas d'une impossibilité morale ? Quand ce seroit celles qui se font à la fin de Polyeucte. Quoi ! parce que la générosité de Pyrrhus est un miracle, il plaira à M. le Poëte que ce miracle en engendre un autre. *L'admirer*. Voilà un *l'admirer* qui eſt admirable. Hé ſi donc, admire-t'on comme cela tout d'un coup des vertus parce qu'elles paſſent l'imagination ? *Il falloit conſerver le ſentiment, & l'exprimer d'une autre maniere en le développant peu à peu. Il auroit donné plus de vrai-ſemblance au changement qui ſe fait dans le cœur de Néoptolême.* Vous avez raiſon. Bientôt il viendra nous ſervir du ſublime en monoſyllabe. Il s'imagine avoir aſſez préparé ce mouvement imprévû, en faiſant dire à ſon Néoptolême :

Où ſuis-je ? quel tranſport de mon ame s'empare ?
Quel ſoudain mouvement tout à coup s'y déclare ?
A l'aſpect imprévû de cet audacieux !

Et en le jettant dans une profonde méditation pendant le cours de trois grands Vers ; mais cette préparation vaut autant que la juſtification de cette hardieſſe qu'il renferme dans ces ſept Vers après ſon *l'admirer*.

Ne juges point de moi parce que j'ai pû faire,
Le malheur rend ſouvent le crime necéſſaire ;
Et le panchant des cœurs ne dépend pas plus d'eux,
Qu'il en dépend de naître heureux ou malheureux.
C'eſt dans le ſang des Rois que j'ai puiſé la vie;
Mais quand je ſerois né des monſtres d'Hircanie,
D'un trait ſi généreux j'aurois été touché.

Tout cela va fort bien : oüy, il devoit être touché; mais il ne devoit pas exprimer en poſte son sentiment. Il devoit, comme vous dites, le développer peu à peu. Tenez, j'aurois voulu par exemple, quand Glaucias lui a dit :

Il se livre à tes coups ! que veux-tu ?

qu'il répondit : ce que je veux ? ... hé mais, je veux.... je veux.... je veux ma foi, je veux l'admirer.

Je n'aime point non plus à le voir devenir honnête homme : cela *dégrade un scélérat : après l'avoir haï pendant toute la Piece ; cela me fait enfin parvenir à le mépriser.* Il devoit admirer Pyrrhus, & s'en tenir là. Ne peut-on être touché d'un grand exemple sans se plaire à l'imiter : bien de l'estime pour vous ; un grand regret de vous avoir ôté vôtre Pere & vôtre Empire ; mais je ne puis vous rendre celui-ci non plus que celui-là ; tant de repentir qu'il vous plaira ; mais point de restitution. Voilà comme fait un scélérat qui l'entend.

Et le mariage de Pyrrhus avec Ericie, qu'en dirons-nous ? plaît-il ? les bienséances ne sont-elles pas là bien observées ? Voilà justement le mariage de Rodrigue & de Chimene. Il y a bien si vous voulez une petite difference. L'époux est là le propre meurtrier du Pere de l'épouse ; & ce n'est ici que l'épouse qui se trouve fort innocemment la Fille du meurtrier du Pere de l'époux. Mais tout cela ne fait rien. C'est Rodrigue & Chimene, vous dis-je ? Oüy, Chimene & Rodigue tout pur. Le voilà dans le cas du grand Corneille. En verité, cet homme-là fait des fautes d'Ecolier.

Je vous avouë que je me lasse à mon tour d'être l'Apologiste d'une chose applaudie avec tant d'éclat. Finissons par quelques réponses à l'examen de la versification : & pour avoir plûtôt fait, servons-nous comme nôtre Critique de la synedoche ; & prenons une partie pour le tout. De cinq Actes, il n'en examine qu'un ; je ne leverai de même qu'un cinquiéme sur ses observations.

. . . . . & crimine ab uno,
Disce omnes.

J'ai rempli mon devoir, Dieux ! remplissez le vôtre.
Vous fûtes les garands des sermens que je fis :
Sauvez-moi du parjure, ou sauvez-moi mon fils.

Les Dieux, dit-on, *sont témoins, & non pas garands des sermens.* Voilà encore M. de Crébillon dans le malheureux cas du grand Corneille :

Souverains Protecteurs des droits de l'hymenée,
Dieux garands de la foi que Jason m'a donnée.

Androclide dit en ouvrant la seconde Scene :

Seigneur, un sort plus doux n'a pas servi le zele
D'un sujet malheureux, &c.

On demande ce que signifie *un sort plus doux* dans la bouche d'Androclide qui n'a rien dit encore. Non, mais il vient d'entendre Glaucias qui lui a dit en le voyant entrer :

Eh que viens-tu chercher en ces funestes lieux,
Près d'un Roy le joüet du sort injurieux ?

Androclide répond :

Seigneur, un sort plus doux n'a pas, &c.

Si c'eût été là le style des Oracles, ils eussent été bien exposez à des démentis.

Pyrrhus avec le jour près de moi doit se rendre.

Je donne à deviner ce qu'on a repris dans cette élocution. Je vais le dire mot à mot, à condition qu'on m'exemptera d'y répondre.
Ne diroit-on pas que Pyrrhus & le jour sont « deux personnes qui doivent se trouver au lever « de Glaucias. On pourroit dire : Il vient avec « l'Aurore, parce que l'Aurore est personnifiée ; « & le jour ne l'est point. »

Qui fit à l'Univers dès l'âge le plus tendre,
Par un nouvel Achille oublier Alexandre.

Mettons, dit-il, *cette phrase en prose : Qui fit, dès l'âge le plus tendre, oublier Alexandre à l'Univers par un nouvel Achille* ; il ne comprend pas cela. Je crois pourtant le *mécanisme tragique* plus propre à décorer les pages du Dictionnaire Néologique, que cette phrase que nous entendons fort bien en Savoye. Oh le chagrin me prend ; il entre un peu de passion dans mon fait ; & vous m'allez blâmer ; n'importe : La franchise & la raison conduisent ma plume, & je me veux ſatisfaire.

Dites-moi de bonne foi que veulent dire ces Critiques froides & pédanteſques qu'attire immanquablement après ſoi un Ouvrage applaudi ? Que la cenſure attaque un Ecrit dont les erreurs ſont d'une ſérieuſe conſéquence pour le Public & pour la poſterité; qu'elle redreſſe les Ouvrages d'érudition, de dogme, d'Hiſtoire & de pareille eſpece, à la bonne heure. Mais que des eſprits mécontens, *pour être* diſent-ils, *utiles au Public*, viennent le démentir ſans ceſſe & le troubler dans ſes plaiſirs en chicannant des Auteurs dramatiques qu'il approuve ! à quoi bon ? Pyrrhus eſt généralement admiré. Beaux ſentimens, grandes images, bonnes maximes, ſituations raviſſantes : tout ce qui charme dans le Tragique y abonde. Que prétend faire un Critique avec des obſervations pointilleuſes dont on le diſpenſe ? Ces eſpeces de gens là s'introduiſent dans la République des Lettres comme les mouches dans un feſtin pour incommoder les conviez, pour y dégoûter d'un mets excellent ſur lequel elles s'attachent, & pour ne s'y repaître ſouvent que de la fumée des viandes. L'utilité publique : le beau prétexte ! Laiſſons pour un moment la cauſe de M. de Crébillon qui ſe paſſera bien de nôtre appui ; & ſuppoſons qu'un Tragique ait été trente ans un Auteur obſcur & un mauvais Verſificateur, un Critique oſera-t'il nous promettre de le rectifier ? diſons plus ; oſera-t'il nous ſoutenir en face qu'il en ait l'intention ? Lui ! vouloir perfectionner quelqu'un ? Lui, de qui un Ouvrage parfait seroit le supplice ? Il s'en garderoit bien. Il faudroit ne voir que des admirateurs & se taire : les fautes qui se trouvent dans un bel Ouvrage, sont tout ce qui le lui rendent supportable. Elles sont le repos de son cœur. Quoi ! la mouche voltigera une heure autour de ce beau corps sans pouvoir trouver une petite égratigneure où se reposer. Ah quelle fatigue ! si nous ne trouvons pas à nous placer à nôtre aise, faisons du moins comme les cousins ; posons-nous au hazard : on nous chassera sur le champ, mais nous aurons du moins fiché l'aiguillon.

Ainsi raisonnent les esprits de Critique : car ils ont beau dire ; l'aigreur & l'amertume percent toûjours chez eux. Ecoutez-les dans leurs Exordes, *ils vont se renfermer dans les bornes de la retenuë & de la politesse.* On fait serment *d'avoir un respect sincere pour l'Auteur qu'on attaque.* C'est le stile de la premiere page. Tournez le feüillet ; le parjure & l'ironie sont au revers. Tel est le procedé du Censeur qui vient de prononcer sur Pyrrhus. Qui pourroit excuser la dureté de ce reproche injuste qu'il fait à M. de Crébillon ?

« *Il semble que pour faire valoir vôtre bel esprit, vous preniez plaisir à choquer les idées communes. Si vous introduisez un scélérat, vous ne manquez pas de le prendre sous vôtre protection.* »

Le serpent n'est assûrément pas là caché sous l'herbe. Est-ce là cet homme *en garde contre les traits qui échappent dans un écrit polémique ; & qui veut se renfermer dans les bornes exactes de la politesse ?* Le trait que je cite passe assûrément un peu l'impolitesse & la raillerie. Je ne dis rien de la verité qui n'est pas moins blessée que les bienséances ; car enfin voyons cette protection déclarée qu'accorde l'esprit de M. de Crébillon aux coupables infortunez qu'il introduit.

Atrée reste frappé de la *fatale* imprécation de Thyeste : Ægysthe est massacré : Rhadamisthe périt : Semiramis se tuë. Voilà des gens mal protegez. L'on nous donne une longue définition de la bonne Tragédie ; donnons-en pour remerciement, une très-courte de la bonne Critique. Le Critique doit être, observé, veridique, infaillible. Avois-je tort de dire un peu plus haut : *Que nous voyons souvent plus clair aux affaires d'autrui qu'aux nôtres ?*

M. de Crébillon n'introduit le crime sur son Theâtre, que pour mettre mieux la vertu dans son jour. C'est un Peintre ingénieux, qui dans *un jugement de Paris* distribuë son sujet de façon que les beaux visages de Junon, de Pallas & de Venus sont opposez à l'Ægide où l'on voit la face affreuse de Méduse. Si les yeux se fixent un moment avec horreur sur celle-ci, c'est pour de là passer avec plus de plaisir à la vûë des trois Beautez qui sont le principal objet du Tableau.

Le génie de nôtre Auteur moderne s'est sauvé de la contagion. Il n'est pas à l'afut d'un petit tour leger, ni d'une phrase gentille

& fleurie. Il a de la force & de la majesté, de l'audace & de l'élevation. Il s'ouvre des routes inconnuës à la médiocrité. L'Aigle perce la nuë : le Public ravi éclatte en applaudissemens. A ce bruit glorieux on voit sortir du fond de son antre obscur

La maigre Dame au teint livide & blême,
Aux deux yeux creux, au visage effaré,
Au cœur infect, qui bourreau de lui-même,
Nourrit l'aspic dont il est dévoré.

L'envie, jette un triste regard sur le char de triomphe; elle tire un serpent de son sein, le lance au milieu d'une troupe de gens qui attendent la mort de M. de Crébillon pour l'admirer. Ils courent aussi-tôt flétrir de leur souffle envenimé les fleurs dont les chemins étoient parsemez. Leurs cris confus veulent étouffer des acclamations qui les assassinent. *Cet homme que vous couronnez a trop ensanglanté ses exploits.* Tournons la tête, & répondons à ce cri plus ordinaire que les autres.

Faire ce reproche à M. de Crébillon, c'est reprocher le Tragique à la Tragédie. Le sang n'a pas coulé sur la Scene : il n'y devoit point couler. C'est une regle trop essentielle de son Art en France ; il s'y est conformé : mais en est-il une pour la force & pour le choix des Images. Le chemin du Sublime est escarpé ; il faut de la vigueur & de la hardiesse pour y parvenir : & quand le Poëte s'est soumis à des bienséances (qui dans le fond sont arbitraires) il est libre d'ailleurs, & n'a plus d'autre Maître que son essor. Celui de M. de Crébillon le mene aux sources de la terreur ; il y puise, & nous la répand au fond du cœur: mais pour en adoucir les impressions, il les accompagne toûjours des mouvemens de l'admiration & de la pitié. La tendresse fraternelle réveillée dans le cœur de Thyeste, & la généreuse compassion de Plysthene marchent sans cesse à côté des fureurs d'Atrée. Si la barbarie du persecuteur m'indigne ou m'épouvante, le courage & la magnanimité des malheureux me touchent en même temps & me relevent le cœur. Après tout, la cruauté est une chose journaliere & concevable dont la peinture arrête mediocrement. Ce qui me frappe uniquement & ce qui m'occupe le plus, c'est la noblesse & la fierté surnaturelle des victimes. Enfin, il s'agit de sçavoir ce que l'Ouvrage a fait sur moi ; j'ai pleuré ; j'ai frémi ; j'admire : il a vaincu.

Allons plus loin, & parlons librement. Un Poëte n'écrira-t'il que pour son siecle & que pour sa nation ? Il n'y a point de terme ni de borne à son art. L'enthousiasme embrasse tout l'Univers & tous les temps. Les goûts ont leur durée & leurs enclos. Il plaît à l'urbanité Françoise aujourd'hui de se révolter contre ce qui lui paroît trop terrible sur la Scene : rien n'est plus possible un jour, que le contraire. N'a-t'on pas admiré les Catons galands & les Brutus damerets ? on ne veut plus en entendre parler. Pourquoi le François devenu de plus mâle en plus mâle ne prendroit-il pas un jour le goût des Grecs à qui nous ne rougissons pas assûrement de ressembler. Euripide & Sophocles les deux colomnes de la Tragédie ont exercé des cruautez abominables sur le Theâtre d'Athenes. Ils vivent malgré cela depuis 3000. ans. Si l'humanité dans cet art est une perfection, j'en promets 6000. à M. de Crébillon qui est une bonne fois moins cruel que ces fameux Tragiques. En un mot, la Poësie n'est qu'une peinture : il y a de l'injustice & de l'enfance à se plaindre du trop d'effet qu'elle produit sur nous. Si les phantômes de l'art vous épouvantent, fuyez les chefs d'œuvres des grands Peintres, & n'osez plus regarder la défaite de Maxence, ni le massacre des Innocens.

Mais non ; ces phantômes sont, malheureusement pour vous, des phantômes brillans, qui charment plus qu'ils n'épouvantent. Ils ont emprunté l'éclat durable des Astres ; & leur splendeur sera dans tous les temps le plaisir du cœur & des yeux. Mais comme il est des oiseaux nocturnes qui détestent la clarté du jour, il est aussi des génies dévoüez aux ténébres de l'oubli, dont les yeux ne sçauroient souffrir un phâre allumé sur le Temple de Mémoire. Rappellons-nous l'esprit qui les anime ; & laissons tomber des reproches qui ne sont que sur le bord des lévres. L'accusé n'est que trop bien justifié dans le fond de leur cœur, où ils rient de la simplicité du peu de gens qu'ils persuadent ; car si la bonne foi, si l'amour pur de la verité, si un desir sincere de loüer & de blâmer à propos regloit leurs discours ; les mêmes voix qui fulminoient contre les catastrophes sanglantes, applaudiroient aujourd'hui au dénouëment pacifique. Vous qui vous êtes plaint d'avoir crû voir ailleurs les crimes protegez, paroissez donc satisfaits de voir ici ces vertus couronnées. Daignez admirer tout haut les vertus dont la Tragédie de Pyrrhus nous offre tant de rares & de parfaits modeles. Vous n'en dites pas un mot, & vous êtes sans passion. Non, vous avez la fureur aveugle de desapprouver. Donnez donc au moins un air de solidité à vos Critiques, & ne vous en tenez pas à charger d'Epithetes outrées les Héros d'une piece. L'un est un fou, l'autre un stupide ; celui-ci un Ecolier, celui-là un Boucher : hé fi, laissez ce style aux miserables parodies, à ces farces monstrueuses dont la Foire & les Italiens font quelquefois leur ressource aux dépens du sens commun. Toutes ces fades plaisanteries ne prouvent rien. Vous ne remarquerez que de petites fautes dont la réparation n'ajouteroit rien à la beauté de l'ouvrage. Que de pareils adversaires ne vous rebutent point nobles Auteurs Dramatiques, & que si peu de chose ne vous barre pas la veine. Ce sont de petits cailloux qui veulent s'opposer au cours d'une fontaine, & qui ne font que la rendre plus agréable par le murmure qu'ils excitent. Continuez,

& souvenez-vous de ces sages paroles d'un Meunier:

J'en veux faire à ma tête.

Il le fit & fit bien, dit nôtre ami la Fontaine.

Je suis, Monsieur, &c.

MARTIN CABOCHE.

APPROBATION.

JE soussigné Me. ès Arts en l'Université de Paris, ai lû par ordre de M. le Lieutenant Général de Police, un manuscrit qui a pour titre : *Lettre d'un Savoyard à un de ses Amis, au sujet de la Tragédie de Pyrrhus & de sa Critique*, dont on peut permettre l'impression. A Paris ce neuf Octobre mil sept cens vingt-six.

PASSART.

Permis d'imprimer & distribuer. A Paris ce 9. Octobre 1726.

HERAULT.

www.ingramcontent.com/pod-product-compliance
Ingram Content Group UK Ltd.
Pitfield, Milton Keynes, MK11 3LW, UK
UKHW020446230726
13925UKWH00004B/1824

9 782014 081893